Rado Molina

El libro de las parodias
Naranjas o libros

Barcelona **2024**
Linkgua-ediciones.com

Créditos

Título original: El libro de las parodias.

© 2024, Red ediciones S.L.

e-mail: info@linkgua.com

Diseño cubierta: Michel Mallard

ISBN rústica: 978-84-9816-543-2.
ISBN ebook: 978-84-9953-106-9.

Sumario

Dedicatoria

a Sonia

• • •

El primer día el maestro les empezó a hablar a mis hijos de matemáticas no les gustó la lección porque él les hablaba de que «una naranja más una naranja es igual a dos naranjas» y ellos querían algo más serio que «simples naranjas». Más adelante, se alegraron porque en la lección siguiente el maestro dijo: «Dos libros más dos libros es igual a cuatro libros». Ellos comentaron: «¡Ahora sí resulta interesante; habla de libros!».

El personaje

La historia es el mero resultado de un consenso. El personaje aparece en una biblioteca y encuentra de repente una mancha de sangre entre los anaqueles atestados de libros. Se cree imprescindible incluir un detective.

El personaje fija su atención en el título más próximo: «Hombre y universo» y la historia toma un cariz metafísico.

Unos instantes después se ve una mujer, el hombre toma el libro, la sigue entre los pasillos, la alcanza y pretende besarla. El beso daría a la historia un destino amoroso. Sin embargo, ése es un recurso manido y la escena más bien parece insinuar que el hombre tiene un deseo erótico frustrado.

No se sabe en realidad si el hombre tiene algún desvío erótico o una patología.

En un segundo se derrumba un estante, se descubre un voyeur o quizás el detective que investiga el origen de la mancha de sangre.

El personaje y la mujer ignoraban su presencia, el narrador es omnisciente y da a los miembros de su historia una visión fragmentaria en su juego.

El espía

Hume es enviado como diplomático desde Inglaterra para que espíe a los franceses. En breve tiempo es considerado un simpatizante de Francia. Con sus informes salva a los suyos de las ofensivas francesas que él mismo alienta y organiza; y entre los franceses nadie sospecha que un ferviente defensor y cronista de la Revolución pueda ser un espía. Los informes son enviados con puntualidad hasta que Hume recibe la orden de regresar a Londres. De vuelta los suyos le preguntan cómo hizo para llevar las cosas a ese extremo. Hume responde que le resultaba imposible delimitar en qué medida era un espía y en qué medida un agitador revolucionario.

Los franceses envían un grupo de hombres con el propósito de rescatar a Hume; irrumpen en su mansión inglesa, no hay sobrevivientes entre sus guardaespaldas y criados; Hume, el gran defensor de las ideas revolucionarias, es conducido otra vez a París en medio del clamor popular de los franceses.[1]

---

1   Otra versión:

> Infiltran un espía entre el enemigo y en breve tiempo es nombrado jefe supremo. Con sus informes salva a los suyos de las ofensivas que él mismo dirige y nadie sospecha que un jefe que lucha con tanto arrojo sea a su vez un espía. Los informes llegan con puntualidad hasta que le piden que regrese. De vuelta le preguntan cómo llevó las cosas a ese extremo y responde que le era imposible delimitar en qué medida era un espía y en que medida un jefe supremo.
>
> De repente, el enemigo ataca, no hay sobrevivientes y festeja el rescate del jefe supremo.

El picapedrero

El picapedrero golpea con insistencia la piedra, mas el tiempo en que ejerce su oficio no puede de ningún modo ser eterno, todo se convertiría en polvo. Debe golpear con insistencia, con un extraño ritmo que permita ver en él a un picapedrero y no a la muerte.

Paisaje después de los sucesos

En mi proyecto de historia Fiodor —así he decidido llamar a su protagonista— repite una escena de La guerra y la paz.

—Es muy común —sugiero alguna idea que desencadene los sucesos— que los hombres solo aparezcan en los paisajes para indicar las proporciones de los objetos.

Fiodor me escucha y afirma:

—Tú puedes tener un modelo humano.

Yo por mi parte empiezo a creer que ha sido un error hacerle evidente que escribo una historia en la que él es el único modelo.

Yo deseo una especie de historia sobre la historia, marcada por la sensación de que el presente se acepta de manera absoluta.

En realidad no creo que importe la existencia de Fiodor, me temo que Fiodor es una marioneta. Todo es un remedo, solo incluyo un detalle trágico. En la escena de La guerra y la paz un hombre apuesta que puede beber una botella de Vodka de un trago, sentado en la ventana de un edificio muy alto. En mi historia Fiodor repite la escena y se precipita en el vacío.

En el final de «Paisaje después de los sucesos» se nota la muerte de Fiodor. Estoy sentado en la ventana, miro el paisaje: ver cumplida esta escena es mi único propósito.

La historia

I

II

La historia terminó hace unos instantes, todo se ha consumado. Esta página es su único testimonio y solo ahora puede ser comprendida.

Queda una incertidumbre: Quizás el tiempo que separa este párrrafo del término de la historia es parte de la propia historia.

Otro cuento chino...

Un anciano tenía una yegua.

Un día la yegua huyó y sus vecinos le dijeron:

—Ahora ya no tienes caballo. ¡Qué mala suerte!

El anciano se limitó a preguntarles:

—¿Saben si eso es bueno o si es malo?

A la semana siguiente la yegua regresó acompañada de dos sementales.

—Ahora con tres caballos eres un hombre rico —le dijeron los vecinos—. ¡Qué suerte tienes!

—¿Saben si eso es bueno o si es malo? —preguntó otra vez el anciano.

Ese día su hijo único intentó domar a uno de los animales, pero éste le rompió una pierna.

—Ahora ya no tienes a nadie que te ayude —le dijeron los vecinos—. ¡Qué mala suerte!

—¿Saben si eso es bueno o si es malo? —repitió el anciano.

Al otro día los soldados del emperador pasaron por la ciudad alistando a todos los varones primogénitos de cada familia, pero dejaron al hijo del anciano por tener la pierna rota.

—Tu hijo es el único primogénito de China que no ha sido separado de su familia —le dijeron los vecinos—. ¡Qué suerte tienes...!

—¿Saben si eso es bueno o si es malo? —insistió una vez más el anciano.

El silencio

Un hombre acude ante un sabio y le dice que se cree capaz de conocer la verdad suprema. El sabio no cree que el hombre esté preparado para algo semejante pero finalmente lo pone a prueba y decide hacerle vivir muchas vidas bajo la promesa de enmudecer en todas.

El hombre acepta y es convertido de inmediato en guerrero; abandona al sabio y vive mil guerras, en todas permanece en silencio. No reza antes del combate y no se queja de las heridas.

II
En otra vida es pintor y hace silencio ante los halagos y las burlas a su arte.

III
En alguna vida es mujer, se enamora de un hombre apuesto y engendra un hijo.

El marido le pega y le acusa de fingir su mudez hasta que un día éste toma al niño entre sus brazos y lo lanza al fuego. La mujer grita desconsolada y despierta en la casa del sabio convertida otra vez en un hombre.

—Nunca alcanzarás la verdad suprema —le dice el sabio y sonríe con sorna—. No has conseguido permanecer callado ante el dolor.

Mejor no hablar: quién sabe si estas palabras no son otra de las pruebas a las que el sabio lo somete.

Un breve diálogo

Cristo atraviesa la puerta principal del palacio.

El emperador romano lo espera mientras los eunucos ungen su cuerpo y las esclavas lo cubren de púrpura.

—Márchense —grita el emperador a su séquito y se quedan solos—. Te esperaba —continúa el emperador—, he visto morir a muchos cristianos, he sentido en esas muertes tu mensaje y te he esperado. Todos los caminos conducen a Roma, no me asombro. Algunos de tus apóstoles predican en la capital del mundo. Están aquí no solo para salvar una ciudad viciosa. Sin el latín, la moneda romana, los puentes que conducen a todos los sitios y salvan todos los obstáculos, sin el poder y un código que trascienda tu sanedrín no podrás extender tu evangelio. ¿Estás aquí para pedirle a Cesar su ayuda? No es preciso, en unos siglos Constantino redactará el edicto de Milán. Roma será la santa sede. Habrá cruzadas y el evangelio se abrirá paso.

—Ven —el emperador lo invita a otro aposento, llama a su guardia y les ordena que ejecuten a uno de sus esclavos.

El emperador sonríe ante el cadáver de su vasallo:

—¿Quieres el apoyo de Roma? ¿No ves que el poder del imperio se funda en el terror? ¿Por qué no retiras a todos tus apóstoles del imperio?

II

El emperador llama a una esclava. La mujer tiene los labios más famosos del imperio, obediente hurga en la túnica de Cristo, toma el falo y empieza a besarlo. La saliva ahoga la escena. El falo parece una serpiente que brilla en aceite. Luego, como en alguna historia bíblica, el bastón de un patriarca. Palpita y se sumerge en la garganta de la esclava que mueve la nuez de su cuello con ritmo.

De repente sus mejillas se contraen en un ejercicio de interrogación. El semen brota como de una ubre reventada. Los labios más famosos del imperio no consiguen detenerlo. La esclava traga un grueso sorbo y aparta el pene de Cristo de su boca.

—Pobre cordero —susurra Cesar—. Por desgracia, y juro que lo lamento, el mundo se divide entre tu silencio y nuestro bullicio. ¿Has sido feliz? ¿Cómo crees que pueden amarte si no es a través de nuestras palabras, de todo lo que nosotros digamos de ti y hagamos contigo? Nosotros somos Cristo.

Cristo solo dice unas palabras:

—Estás soñando, y tu obsesión por el poder te ha hecho creer que realmente puedes hacerme comparecer ante ti. Soy una proyección de tu sueño de poder.

El Cesar extiende la mano, la hunde en el pecho de Cristo y murmura aburrido:

—Otro de tus milagros.

—Estás soñando —continúa Cristo mientras su pecho intangible permanece atravesado por la mano del emperador—. Has dicho que solo podrán creerme a través de tus palabras, pero te demostraré que soy algo más que eso.

En ese instante un esclavo acude al lecho del emperador y lo despierta. El emperador abre los ojos y grita:

—Maten a este hombre que se ha atrevido a interrumpir mi diálogo con el hijo de Dios.

La orden se consuma y el emperador se queda con su duda y el cadáver del esclavo.

El sarcófago

Conducen extenuados un sarcófago y se miran entre sí calculando cuánto les pesa.

Nuestro sarcófago —dice alguno— debe ser tan pesado que tenga sentido llevarlo y tan ligero que nos permita continuar.

—Algo así solo ocurre cuando se conduce el vacío —afirma alguien y se preguntan si el cansancio que sienten es ilusorio.

—El vacío —concluye otro— es, en materia de sarcófagos, una carga perfecta mientras no llegue el momento de la exhumación.

A lo lejos se ven unas construcciones funerarias.

Soneto

Los dos cuartetos son de construcción paralela; van seguidas cuatro exclamaciones, cada una ocupa dos versos. El primero y el quinto son bipartitos, construidos en quiasmo. El segundo verso presenta una serie, que por lo extenso de sus términos resulta una gradación. El tercero está adornado por una anáfora —aliterada— y una metáfora, mientras que en el cuarto encontramos una antítesis. Incluye el sexto una construcción paralela. En el octavo destacan dos metonimias antitéticas algo gastadas. El ornato de los versos noveno y décimo es en expresiones sinónimas, formando quiasmos las del verso décimo. En el undécimo actúa —además de la metáfora— el ornato de la aliteración, que continúa en los versos siguientes. En los últimos versos del soneto se enumeran todos los objetos indicados en los versos anteriores, en el mismo orden en que aparecieron antes.

El genio y el autista

Franz condujo a su acompañante ante un espejo y le dijo:

—Éstos son el genio y el autista.

—¿Quién es el genio y quién el autista? —preguntó el acompañante, mientras miraba en el espejo su silueta y la de Franz.

—¿No sabe usted quién es el original y quién un mero imitador? —dijo Franz a modo de respuesta.

—Me parece evidente —respondió su acompañante.

—¿Podría susurrarlo en mi oído?

El acompañante hizo un gesto para acercar sus labios. Franz lo interrumpió:

—Sé que usted se equivocará y, como deseo conducirlo por el camino de la verdad, no le permitiré hablar. Prefiero seguir hablando yo. El autista es amante del genio. Tiene deseos auténticamente carnales. Le gustaría besar los labios y las tersas costillas del genio. Sin embargo, puesto que el genio es un hombre muy espiritual solo tienen diálogos muy sublimes. Debo añadir que el genio le ha pedido que imite cada uno de sus actos; esto ha provocado que nadie sepa en realidad quién es quién y que todos se inventen historias.

—A veces el genio —explica Franz—, a través de esa extraña parábola expuesta de manera ejemplar en la figura del autista, nos lanza mensajes premonitorios y reflexiones profundas; tardamos años en entenderlas.

El acompañante de Franz se yergue en puntas de pie para atisbar un gesto que hacen simultáneamente los dos personajes del espejo.

—¿Quién fue el primero en hacer ese gesto? —pregunta el acompañante.

—Ha sido el genio. Ha logrado aleccionar al autista acerca de la importancia del trabajo y del amor entre los hombres. ¿No le parece grandioso? —concluye Franz.

—¡Entendí el mensaje! —exclama el acompañante—. Es un mensaje de optimismo que nos dará fe para continuar. Pero, quisiera hacerle una pregunta: ¿A cuál de los dos cree usted que nosotros debemos imitar?

Retrato de Claudia

Fue arduo. No se equivocan los que dicen que es necesaria una demostración anatómica para intentar comprender la imagen que tengo de Claudia. Para conseguir esta imagen he anatomizado más de diez cuerpos humanos. He ido rompiendo los diversos miembros, quitando las más pequeñas partículas de carne que rodeaban las venas, sin causar ninguna efusión de sangre, fuera de una imperceptible hemorragia de las venas capilares.

Quien tiene conocimiento de la naturaleza de los nervios, músculos y tendones, conocerá muy bien en el movimiento de un miembro cuántos y qué nervios son causa de aquél, qué músculo es la causa de la contracción de un nervio por hinchazón, y qué nervios expandidos por el más delicado cartílago acompañan y sostienen dicho músculo.

Para asegurarnos del origen de cada músculo, recordemos estirar el tendón producido por el músculo y su empalme con el ligamento de los huesos. No haremos más que equivocarnos a la hora de mostrar los músculos y sus posiciones, orígenes y términos, a no ser que hagamos una demostración con los músculos finos a manera de hilos. Así fue preciso hacer con los de Claudia:

1. Separar un poco los huesos uno de otro para poder reconocer la verdadera forma de cada hueso de la palma de su mano y el número y posición de cada dedo.
2. Aserrar longitudinalmente, un poco para ver cuál está vacío, cuál lleno. Después de hacer esto, hubo que poner sus huesos al lado de las junturas unidas y representar toda la mano por dentro bien abierta. Claudia estaba aún cálida, era aún un cadáver sutilmente vivaz.

La siguiente demostración debería ser de los músculos alrededor de su muñeca y del resto de su mano.

Luego, los ojos de Claudia. Al hacer la anatomía del ojo de Claudia, para poder ver bien el interior sin derramar el humor acuoso, tenemos que colocar el ojo en clara de huevo y cocerlo hasta que se solidifique, para luego cortar el huevo y el ojo transversalmente, de suerte que no se derrame nada de la parte seccionada.

Al hacer la anatomía de su cerebro construí respiraderos en las trompas de los grandes ventrículos e inserté cera derretida por medio de una jeringa a través de un orificio que hice en el ventrículo central. A través de este orificio, llené los tres ventrículos del cerebro. Una vez que la cera se hubo endurecido, quité el cerebro; entonces pude ver con toda exactitud la forma de sus tres ventrículos.

Ningún órgano, por otro lado, necesita de tantos músculos como la lengua; de éstos se conocían 24, además de los que yo he descubierto en Claudia.

El aprendiz de mago

Un joven desea aprender magia, se dirige al alquimista y le pide que sea su maestro.

El alquimista lo escucha mientras ordena a su criada que prepare unas perdices para la cena. Accede y empieza por convertir una mesa en un reloj.

En unos días el discípulo aprende la ciencia del alquimista y se empeña en convertir a su maestro en una mesa. Discuten, el maestro se resiste y le dice que nadie podrá nunca convertirlo en una mesa, y entonces apela a su último recurso: llama a la criada y las perdices son servidas.

La trama parece haber transcurrido durante los instantes que tarda la criada en cumplir la orden del alquimista.

El alquimista ha engañado a su discípulo. Con una serie de sucesos ilusorios ha descubierto sus propósitos y le dice que se vaya.

Los apologistas

Los apologistas discuten cómo redactar un libro interminable que justifique todo. En esencia las discusiones son apasionadas. La desgracia de los apologistas está en que mientras discuten, el tiempo los aniquila.

Luego las historias, al mencionarlos, explican con interminables y apasionados argumentos que el empeño que los consumió estaba justificado.

La metáfora

Para que la metáfora fuese perfecta en el siglo IV se discutió la posibilidad de que tuviese vida.

En el siglo V se desechó esa creencia. Se discutió entonces cómo debía ser comprendida e interpretada.

Unos siglos después se cuestionaron sus dimensiones.

Un teólogo dijo que Dios era la metáfora (pocos lo creyeron).

No interesa que cada argumento se olvide. Nuestra época entiende que ésta es la metáfora del vacío. Quienes lo niegan justifican esa idea.

El árbol de la historia

Juan desea gustar	Albertine se deja admirar	Fiodor trata de obstaculizar el primer deseo	Juan rechaza los consejos de Fiodor
Juan trata de seducir	Albertine le concede su simpatía	Fiodor trata de obstaculizar la simpatía	Albertine rechaza los consejos de José
Juan declara su amor	Albertine se resiste	Juan la persigue obstinadamente	Albertine rechaza el amor
Juan trata otra vez de seducir	Albertine le concede su amor	Albertine huye ante el amor	Juan rechaza el amor aparente

El amor se consuma

La trama

El autor niega los detalles y circunstancias de su historia.

El lector no debe olvidar que son ineludibles.

Un resumen de los sucesos:

Un hombre se obsesiona con la idea del viaje, parte y se interroga en qué concluye, quién es y qué significa.

Próximo a su fin lo esperan. El hombre se supone un hijo pródigo. Descarta esa hipótesis cuando lo reciben y le agradecen que haya traído el ansiado mensaje.

En la última escena el hombre entiende que solo ha sido un mensajero y se lamenta. Como todo detalle fue eludido se especula que no existe historia alguna. Poco importa si se confirma esa sospecha, tampoco yo asumo sus detalles y circunstancias; me he limitado a mencionar su trama.

Página cuarenta y siete

Se escucha el teléfono. Un hombre llama a una mujer.

—¿No la molesto llamándola a esta hora? ¿No piensa venir?

—No creo que sea posible —le responde ella.

—Puedo asegurarle que la necesito. Muchas veces he deseado a la mujer de la página cuarenta y cinco. No se resista, tengo la certeza de que la necesito.

—Quiero hacerle unas preguntas —dice la mujer— aunque tal vez no las entienda: ¿Quién cree que se enfrenta a una pieza de ajedrez durante el juego? ¿Las piezas del enemigo o las reglas que restringen su movimiento?

—No sé a qué viene esa pregunta. Supongo que nada de esto ocurre en la página cuarenta y cinco. En todo caso siempre supe que la mujer de esa página es inteligente. Por favor déjelo todo y venga conmigo.

—¿Ha leído alguna vez ese relato?

—No, pero sé que es un relato amoroso.

—En realidad en esa página mi amante asiste a los sucesos con absoluta inocencia.

—Yo no soy inocente.

—Usted es el hombre que espero.

—¿Entonces usted miente a ese personaje que, según cuentan los lectores de la página cuarenta y cinco, la desea con tanta vehemencia?

Los dos laberintos

Teseo ha decapitado al Minotauro. El hilo de Ariadna teje una extensa red que conduce a numerosas salidas. En alguna, Penélope espera, Teseo que ha leído la Odisea y teme un enfrentamiento con los pretendientes, le pregunta en un susurro si éste es su verdadero hilo:

—Si no lo fuese —responde ella— no estaríamos en Itaca, y no serías Ulises.

El advenimiento de la virgen

I

Mis amigos y yo hemos organizado una fiesta en la que aparecerá una virgen y veremos cosas trascendentales. Ellos, como siempre, no me escuchan:

—¿El poeta? —pregunto yo—. ¿Es que desde Lezama hay alguien en este país que lo sea?

Tengo el veneno de siempre en la punta de la lengua. Los amigos están hartos, algunos me miran con complicidad, otros prefieren pasar un buen rato:

—Déjanos en paz aunque solo sea esta vez —dice alguien.

Y yo para no ser amargo añado:

—No, no lo digo por ustedes. Sé que somos una gran generación.

—Basta, no nos hagas creer que eres un héroe.

Es cierto, reconozco que me seducen las vidas épicas.

—Son ustedes —les digo— quienes van a dejarlo todo en el mejor momento.

—¿Si ahora nos llevasen a la horca no preguntarías nada? ¿Dirías que no vale la pena hablar? Habría que ver qué harías con toda esa jerigonza sobre la verdad y la mentira que siempre sueltas después de dos tragos de alcohol.

—Al menos me gustaría no preguntar nada —respondo.

—Sé que te crees peligroso —dice alguno de ellos y no atino a mirarle a la cara.

—¡Qué gran denuncia!

Me vuelvo hacia ella —así llamaremos al personaje femenino de este relato—. Ella me mira a los ojos:

—¿Nos vamos?

Estaba fascinada con exhibirse. Sin embargo, mis amigos la intimidan:

—¿Quieres irte? No pareces una de esas vírgenes de los relatos épicos, no tienes ese semblante seguro de quien conoce la verdad, o de quien está enamorado. ¿Qué pasa contigo?

Ella se vuelve y responde:

—Habla tú por mí...

—Podrías mostrarte más entregada a mis amigos —le digo por solo poner un ejemplo—. ¿No entiendes que el juego supone también que ellos te nombren y te deseen? Nadie creerá después nada...

—¿Qué hago? ¿Los miro con intensidad? ¿Intento hipnotizarlos? No digas ahora que quieres corregir esto o aquello o que sería más intenso o más seductor si ocurriese una cosa y no otra. Tú y yo no hemos acordado nada.

—¿Crees que la cosa marcha? —le pregunto un poco desconcertado.

—A veces te odio pero no va tan mal.

—Me gustaría que estuvieses cansada y que tus reacciones fueran más lentas para tener la sensación de que nuestra complicidad es más enigmática de lo que parece.

Ahora ella se detiene y me mira con fijeza. No parece estar en su mejor momento:

—A veces eres cruel —dice—. ¡Un fanático religioso hecho por encargo, a la medida de nuestros deseos, ha decidido fundar una orden de la que seremos miembros privilegiados! Espero que eso explique tu deseo de sacrificarme. ¿Te mandamos al vaticano? No te volveré a decir que eres cruel, no te haré ese favor.

Lo dice en medio de una de sus sonrisas amargas.

II. La aparición

La virgen anunciada aparece. Por fin sucede lo que tanto hemos esperado, el aliento de un Dios sopla en la escena, mis pelos se agitan.

—Ha llegado —murmura ella.

—¿La esperabas? —le pregunto yo.

—¿Crees que no tengo sentido del ridículo? —me responde ella—. Sin la virgen y sin mi conocimiento de su llegada yo sería una tonta engreída.

—Hablas como una virgen.

—Ella no hablará.

—Me apasionas.

—Nunca usurparía su trono. Yo solo soy un personaje, una actriz empeñada en ser una copia de la imagen insondable de la virgen.

El inicio

Aplicó saliva a su índice escrutando en qué dirección corría el viento.
De norte a sur —murmuró—, y comenzó la marcha.
En más de una ocasión fue visto secándose el sudor de la cara. Caminó todo el tiempo en línea recta. Al menos eso creen quienes lo vieron pasar. Otros afirman que durante el viaje solo escaló muchas veces la cima de un promontorio.

II
Agotada su última reserva de alimentos, arrojó su cuchara y escuchó un sonido inesperado.
Caminó hasta allí; junto a la cuchara acabada de lanzar encontró otra idéntica. Tuvo la sospecha de que todo se repetía pero no recordó haber agonizado antes por hambre. Quizás todo consistiese en que ya había consumido muchas veces su última cena.

III
Solo cuando agonizó sintió que antes había agonizado.

IV
A lo lejos un hombre aplicó saliva a su índice y lo expuso al vacío, escrutando en qué dirección corría el viento. Él quiso salvarse y salvarlo; por algún motivo no pudo escuchar sus propias palabras cuando inició la marcha y tampoco ahora las escucharía.
Sus pies penetraron en la arena hirviente, interrogando.

Algunas afirmaciones

I

El personaje toma un ejemplar de Sodoma y Gomorra y el azar lo lleva a la página 142. En ese instante se escucha el teléfono.

—¿No le molesto llamándolo a esta hora?

—No... —dice el personaje conteniendo su alegría—. ¿Es que va a venir?

—Sucede —murmura Albertine— que usted busca una experiencia metafísica y yo deseo un hombre.

—Lo importante es que usted parece real.

Ahora el personaje continúa la lectura de Sodoma y Gomorra y desea que su alucinación se realice.

II

La historia me decepciona, una frase del personaje me atrae:

—Albertine, no me obligue a ser sublime —afirma en un fragmento que finalmente he decidido omitir— en ese momento habré empezado a ser falso.

Epílogo

Ha pasado el tiempo y he logrado una trama que en alguna medida me satisface. En esa trama cuento que he intentado varias veces escribir una historia sobre un hombre que lee la página 142 de Sodoma y Gomorra, afirmo que me decepciona su resultado, enumero algunos episodios y frases que aún me atraen.

Hamlet

Su nombre es Hamlet y yo le comento:

—Tal vez otros te comprendan, crean que eres sublime o ridículo pero yo sé que tú no me servirás para mi puesta en escena. Creo que actúas con demasiada afectación.

Hamlet no me mira, su vida parece un ensayo de una tragedia shakespereana; ha visto el espectro de su padre asesinado, ha tenido el cráneo de Yorick en las manos y ha dicho ser o no ser. Pero todos sus sufrimientos no harán de él un buen actor.

El lector de matrices

Los límites y variantes de un acontecimiento se reconocen cuando se ha consumado. Sin embargo, le anteceden.

Se supone en consecuencia que un buen lector siente ante cualquier suceso, no solo literario, la presencia de una matriz que lo trasciende y lo aproxima al infinito. Se trata de un sutil procedimiento de cálculo.

XYm'			XY'm'	
		XYm	XY'm	
		X'Ym	X'Y'm	
X'Ym'			X'Y'm'	

Existe entre otros el diagrama triliteral.

X: Los apologistas	X':	
Y: discuten	Y':	
m: cómo redactar un libro interminable	m':	

Las letras primas designan sujetos y verbos que les son contrarios o contradictorios. Es posible sustituir este ejemplo respetando los nexos entre sujetos y verbos. Siempre quedará una construcción lógica.

El lector de matrices entiende en estos esquemas una cantidad infinita de acontecimientos, puede por azar leer en alguno El Quijote o La suma teológica, la prensa del día o El libro de las parodias. Solo aspira a comprender una matriz absoluta que establece los límites del universo.

Siempre barrocos

El esfínter, como una flor encarnada, escucha los murmullos. Se deslizan algunas palabras en la lengua del oso hormiguero, hecha para cazar hormigas en laberintos. Las manos separan los pétalos. Bajo la extraña lengua del oso los pétalos se cubren de esmalte. La mujer siente que su flor hierve.

Luego los dedos se hunden. La mujer siente un nuevo ataque de ardor. El hombre murmura otra frase en la lengua del oso; anima un latido que convierte la flor en una garganta. En un instante el falo aparece, el aliento del esfínter lo quema. Algún anillo que aún no logra su ritmo resiste; luego se rinde. El hombre siente que las cerdas finísimas de un pincel se aplican a su falo y trazan un enigmático y caricioso dibujo.

En este instante se dice: «Te amo, te amo Albertine», frase en extremo intelectual. En la vida apenas puede pronunciarse con todos sus matices. «Amar, buscar el amor» es deseo de novela. El amor y los amantes son los temas de la época, como en el Quijote los caballeros y la nostalgia. Esta época cree más que en el amor en sus palabras.

Como en un acto de tauromaquia me lanzo una y otra vez contra una capa de terciopelo rojo que Albertine agita. El terciopelo me envuelve, embisto una y otra vez. Albertine intenta tragarme con su cuerpo. Cada embestida la hace gemir. Ella siente casi en su garganta el animal que la penetra por la espalda.

Luego contiene el aliento y se aplica contra mí con la capa y la caricia del terciopelo. Desafía a la bestia; impone la capa en su rostro. En cada embestida el hombre y la mujer sienten las palabras que los describen y excitan.

Luego el toro exhausto y la espuma en su boca.

—¿Qué sientes?

—Me pesan las palabras —dice el hombre.

—No vale la pena discutir —afirma Albertine y sonríe.

—Tal vez tengas razón... espero no hayas olvidado aquella vieja idea. Busca en ese estante... el tercer libro. He marcado algunas cosas. En medio de una cópula se lee que «Amar, buscar el amor es deseo de novela».

—¿Quieres hablar de otra cosa?

—No... me gusta ese fragmento aunque me pesen las palabras, tal vez escriba una historia que termine con un hombre que lee algún libro.

El Starets

El Starets es el que convierte el alma y la voluntad de otro a su alma y su voluntad. Después de elegido se renuncia a la voluntad propia y se le entrega con plena obediencia. A esa terrible escuela de la vida se somete el individuo con la esperanza de vencerse a sí mismo tras larga experiencia, dominarse hasta el extremo de poder finalmente alcanzar, mediante la obediencia, la libertad, la liberación de sí mismo, evitando la suerte de aquellos que consumen toda su vida sin hallarse.

—Cipolla —murmura el hombre— habita un espacio de alguna ciudadela en La Habana Vieja. Durante una noche de juerga conoce a un adolescente. Lo invita a su casa. Con su talento de cínico lee un poema de Rilke:

«Acaso ignores, Dios mío,
como son las noches para los que no duermen.»

(Mario, así se llama el adolescente, escucha la «Oración por los insomnes»)

«Un hombre embozado llama, y entonces con ojos y oídos anhelantes
sueñan descubrir el alba deseada.
....
Y así es cada noche, Dios mío,
siempre llena de insomnes que han huido del lecho
y caminan eternamente sin hallarte.»

Cipolla lee exaltado. Mario inicia un rezo que es solo la penitencia decidida por un Starets, el falo de Cipolla nada en su boca; luego el semen se desliza por sus labios.

Mario huye. En esta época y en Cuba, país en que el Starets ontológico es el político, entre la barbarie y la utopía los políticos exigen un sometimiento ascético, Mario encuentra en el sexo un espacio de sumisión absoluta.

—En su estampida —continúa el hombre— atraviesa la plaza de Armas y vence la columnata del palacio de los capitanes generales; en la esquina de O'Reilly se vuelve, la estatua de Colón en la puerta de palacio aparece de perfil. El almirante sostiene a la altura de su cintura, en su diestra, una carta de viaje, acaso un nombramiento de los reyes de Castilla y Aragón.

Desde la esquina de O'Reilly el almirante parece sostener su falo irisado en espera de Mario.

Ésa es la metáfora. Mario debe indagar quién es su Starets, por eso camina eternamente como un insomne en la noche infinita de Dios.

Epígono

Albertine en ausencia del hombre —se especula sobre el sentido de esta ausencia— busca entre los estantes llenos de libros. Según se cree esta escena consuma algo así como una «pasión del vacío».

Tal vez la ausencia es como supone Albertine un inescrutable Starets que debe entenderse. Lo único cierto es que Albertine se mira en este instante en «El Espejo de las palabras». Quedan esas conjeturas.

El cambista y su mujer

—¿Crees que te pediré perdón?

No había dejado ni una pizca de polvo sobre la vieja mesa. Agitaba el trapo de la limpieza y repetía ante mí una y otra vez esa frase que parecía desafiante, como si yo la estuviese juzgando.

Yo hacía silencio, me limitaba a mirarla y a escuchar una y otra vez su letanía. Mientras, ella servía un enorme pavo asado. No sé por qué imaginé que habría que estar ante el mundo como ante aquella mesa.

—A nadie se le ocurriría hablar con este pavo —le susurré—, nadie intentará jamás descifrar el lenguaje que hablan las plantas y los animales tras pasar por la cocina y convertirse en objetos inertes y deliciosos. Habría que verlo todo como se percibe la comida.

Dije esas palabras con énfasis. Ella tenía unos ojos vivaces, que se posaban sobre cada cosa. Fue entonces cuando tomó otra vez el trapo de la limpieza y tiró el polvo de la mesa sobre el inmenso pavo asado de esta historia.

Sé que ella esperaba al menos dos reacciones mías, bastante diferentes: que yo me irritase, o que permaneciese impasible, tomase los cubiertos, cortase la pechuga polvorienta del pavo y la sirviese en mi plato para engullirla. El silencio distendido que hice la incitó a decir algo para llenar el vacío de la situación.

—Esto es teología doméstica —exclamó—, se trata de mostrar la culpa y el pecado a través de los gestos cotidianos.

En ese momento de la historia sentí que deberíamos abrazarnos y decirnos que: «Habíamos entendido el mensaje». Luego deberíamos preparar otro banquete y comer gozosos.

Sé que ella me entendía. Lo percibí.

—¿Crees que estoy loca? —preguntó.

Pude haberme quitado un peso de encima si le dijese:

—No ha sido nada, solo un poco de polvo sobre la comida.

Pero algo me hizo callar. No sé cuánto tiempo estuvimos así.

Tal vez lo que mejor explique esta escena es la pintura. Un lienzo al estilo del «Cambista y su mujer».

La máquina

I

El loco había dicho en una ciudad:

—Yo soy el camino y la luz. Yo entregaré el reino de los cielos a los payasos. Así ha sido escrito: «El payaso resurgirá y desde esta casa conducirá a sus partidarios para reconquistar el circo».

II

En otra ciudad el mismo loco dice que es un artista incomprendido y que luchará para que el arte alcance una grandísima espiritualidad. Sin embargo, alguien lo reconoce y le grita:

—Payaso. Eres un payaso y solo puedes ofrecer un espectáculo de circo. Te he visto en otra ciudad diciendo que eras un payaso. ¿Cómo puedes decir ahora que eres un artista?

Una señora interviene entonces en defensa del supuesto artista:

—Este señor viste y habla como un verdadero artista.

Y el hombre que lo ha visto predicar en otra ciudad le responde:

—Es muy sencillo, usted debería saber que a la gente le fascina figurar en público.

—¿Qué dice? —lo interrumpe la señora—. ¿Cómo puede hablar así de un gran artista? Le exijo que abandone este lugar.

III

El hombre presencia otro sermón del loco.

La señora lo advierte entre la multitud:

—Perdone, señor, mi pobreza de espíritu.

El hombre se desconcierta:

—No entiendo.

—Hace unos días el artista dijo todo eso de que «a la gente le encanta figurar en público». Ese día la multitud se enardeció hasta la apoteosis y en medio de un llanto general todos se convirtieron en seguidores del artista; es usted un iluminado y espero me perdone.

—¿Es posible que ese fanático me cite en sus prédicas? ¿Qué haremos cuando haya dicho todo lo que yo haya dicho?

—Será fantástico, podremos callarnos —dice la señora.

—Es cruel que nos quiten las palabras.

—No. Lo es solo hasta que el artista se refiera en público a esa cuestión.

IV

El hombre y la señora bailan.

La música es una especie de gemido.

El artista gesticula desde un altar; solo mueve los labios.

La danza parece un vals abúlico.

El viaje

I

Un altar. Aparecen tres sacerdotes y se arrodillan. Durante la primera jornada los sacerdotes imaginan un velero atravesando el mediterráneo oriental.

Caminan por el puente de la nave, oscurece y se atisba en el horizonte la costa libanesa. En la segunda jornada, las rodillas sangran. Alguien se apiada, les ofrece agua, algunas verduras y les lava las heridas. Los sacerdotes imaginan Jerusalén en la época de la pasión: los hebreos, la arrogancia latina, la espera del Mesías, el olor de una mesa donde sirven langostas y miel. Una jornada más, los músculos están extenuados y ellos imaginan ahora el instante en que es alzada la cruz con el cuerpo de Cristo. Imaginan las palabras que describen esa historia, las sutilezas lingüísticas, imaginan las paradojas y las interrogantes.

En la realidad alguien advierte que las piernas de un sacerdote están cubiertas de coágulos y pretende sacarlo de su éxtasis. De modo que lo interrumpen y no le permiten imaginar su propio regreso. El hombre queda tirado en el suelo, paralizado.

II

Los otros sacerdotes imaginan que deciden salvar a este hermano de una súbita demencia, imaginan otra vez de rodillas un viaje a Jerusalén; imaginan un rescate y un regreso. Para algunos es una Odisea atiborrada de aventuras. Otros afirman que el cansancio ahoga el idealismo y relatan que, cansados de inventar los sucesos, los sacerdotes imaginan que vuelven en medio de un profundo tedio.

El suceso

«El 2 de agosto de 1824 unos conspiradores descubren que su líder es un traidor. Se hace de la ejecución un instrumento emancipador y para ello se toman escenas de Shakespeare. La representación dura varios días. El condenado discute, reza, pronuncia palabras patéticas y de algún modo se redime. Centenares de actores colaboran: el rol de algunos fue complejo; el de otros, breve. Esos días perduran en los libros y la memoria. El traidor más de una vez enriquece con actos y palabras el drama. El 6 de agosto de 1824 un balazo lo alcanza y apenas articula algunas palabras previstas. Los pasajes imitados de Shakespeare son los menos dramáticos. Se sospecha que el autor intentó que alguna persona diera con la verdad.»

El muro

Un hombre avanza por un camino y se encuentra un muro que le impide seguir.

El hombre da unos golpes en el muro y alguien le responde desde el otro lado.

Regresaron sobre sus propios pasos.

Cada uno de ellos supone que continúa el camino del otro.

Printed in Poland
by Amazon Fulfillment
Poland Sp. z o.o., Wrocław

69305500R00044